컬렉션 친필시화

사랑아! 사람아!

최 석 로 편

서문당

편자 **최석로** 약력

1935년 경상북도 경주 출생
1963년 한국일보 기사심사부 기자
1964년 한국일보 주간한국부 차장
1968년 한국일보 퇴사
1968년 도서출판 서문당 창업 대표 취임
1975년 독서신문 대표이사 취임(1982년 사임)
1988년 한국역사사진자료연구원장 취임

편저서
<오늘의 역사>
<민족의 사진첩> 전4권 제1집 민족의 심장 제2집 민족
의 뿌리
제3집 민족의 전통 제4집 개화기의 생활과 풍속(제35
회 한국출판문화상 수상)
<옛 그림엽서>
<시를 위한 명언>
<내 그림을 말 한다>(한국화가 100인의 중심화론)
<까세 육필시 1,2,3,4,5권> 등

컬렉션 친필 시화

사랑아! 사람아!

초판 인쇄 / 2023년 12월 20일
초판 발행 / 2024년 1월 15일
발 행 인 / 최 석 로
발 행 처 / 서 문 당
주 소 / 경기도 고양시 일산서구 덕산로 99번길 85(가좌동)
우편번호 / 10204
전화 / 031-923-8258 팩스 031-923-8259
창립일자 / 1968년 12월 24일
창업등록 / 1968.12.26 No.가2367
출판등록 / 제 406-313-2001-000005호
등록일자 / 2001. 1. 10

ISBN   978-89-7243-820-5

사랑아!

그가 있었기에
내 영혼을
스스로 귀중히 여김,
이런 일이
그에게도
일어나기를

서문당

차 례

바람이 좋아
바람끼리 훠이훠이
가는 게 좋아
헤어 져도
먼저 가 기다리는 게
제일 좋아

바람불며 바람따라 나도갈래
바람 가는 데 멀리멀리 가서
바람의 색시나 될래

김남조·2009

김남조 (金南祚 1927~2023) 시인 ※ 경북 대구에서 출생. 1951년 서울대학교 사범대학 국문과를 졸업하고 고교 교사, 대학 강사 등을 거쳐 숙명여자대학교 교수(1955~93년) 역임. <연합신문>, <서울대 시보> 등에 작품을 발표했으며, 1953년 시집 <목숨>을 간행. 이후 16권의 시집과 <김남조 시전집>(서문당), 그리고 <여럿이서 혼자서>(서문당) 등 12권의 수상집 및 콩트집 <아름다운 사람들>과 <윤동주 연구> 등 몇 편의 논문과 편저가 있음.

한국시인협회, 한국여성문학인회 회장을 지냈으며, 1990년 예술원 회원, 1991년 서강대학교에서 명예문학박사 학위를 받음. 한국시인협회상, 서울시문화상, 대한민국문화예술상, 12차 서울세계시인대회 계관시인, 3·1문화상. 예술원상, 일본지구문학상, 영랑문학상, 만해대상, 등을 수상했으며, 국민훈장 모란장과 은관문화훈장을 받음.

김 남 조 시 인

첫 봄

꽃샘 눈과
벙그는 홍매화는
청결한 새봄의
한쌍 내외인데
하나는 오고
하나는 간다
서로 뒤돌아 본다

2010. 7. 14

김 남조

바람에게 말한다

바람에게 말한다
내가 세상에 못다 갚을
은혜의 빚을
바람에게 물려줄 일
미리 미안하다고
바람과 살았으니
바람외엔
상속자가 없다고

2010. 7. 14

김 남조

나무와 그림자

검남조

나무와 그림자,
나무는 그림자를 굽어보고
그림자는 나무를 올려다 본다
밤이 되어도
비가 와도
그림 자 거기 있다
나무는 안다

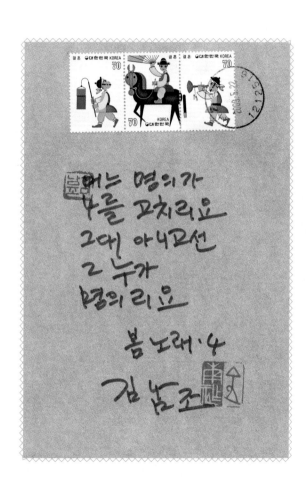

어느 명의가
나를 고치리요
그대 아니고선
그 누가
명의리요

봄노래·4
김남조

14

삼라만상의
오묘무궁함을 바라보는
눈의 행복이
내 생애의 최고 광영이어니
지금도
온누리 빛의 목욕 중이라
이것이면 족하다

나의 눈 행복하다
나도 행복하다

김남조
이천구년

웅함이여
정신문화의 진수는
어느 누구에게나
그저 저절로
청명이며
치유이느니

김 남조
2009. 6. 5.

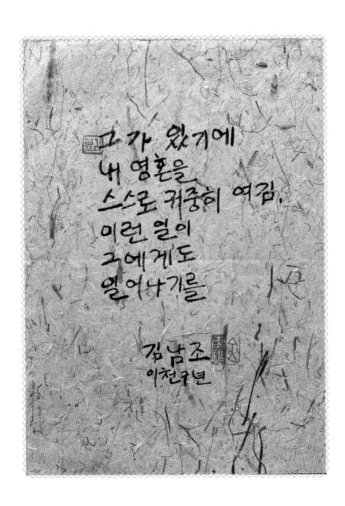

그가 왔기에
내 영혼을
스스로 귀중히 여김.
이런 일의
그에게도
일어나기를

김남조
이천구년

17

김규동 시인

김규동(金奎東 1925년 ~2011) 시인 ※ 함경북도 두만강변 종성에서 태어나 '경성고보' 시절 영어를 가르치는 시인 김기림 선생을 만나 이분의 영향을 많이 받았다. 광복 후 서울로 김기림 선생을 찾아 월남, 선생의 지도를 받았다.

1948년, 「예술조선」지를 비롯한 신문 잡지에 시를 발표하고 1955년 시집 <나비와 광장>을 발간, 이후 <깨끗한 희망>, <느릅나무에게> 등의 시집을 냈다. 만해문학상, 은관문화훈장 등을 받다.

생명 김규동

물아
물아
한다. 목이
솟구치는 물아.

당부
김규동

가는 데까지 가거라
가다 막히면
앉아서 쉬거라

쉬다 보면
보이리
길이 。

20

인 연
사랑이 식기 전에
가야 하는 것을
낙엽지면
찬 서리 내리는 것을.
            김규동

김구림 (金丘林) 화가 * 　1936년 대구에서 출생. 1958년부터 최근까지 국내외를 넘나들며 40여 회의 개인전을 가졌다. 주요 기획전으로는 백남준아트센터 개관전과 독일 뮌헨을 시작으로 나폴리, 상파울로를 거쳐 파리에서 순회전을 연 'Performing the City. Kunst Aktionismus im Stadt Raum der 1960er~1970er jahre'가 있으며, 국립현대미술관에서의 '한국의 행위미술', 덕수궁미술관에서의 '드로잉의 새로운 지평', 미국 찰리위쳐치 갤러리에서의 '김구림 백남준 2인전', 일본 시즈오카 현립미술관에서의 '침묵의 대화 서구와 일본의 정물화', 미국 아트센터 뉴저지에서의 '오늘의 6인' 등에 초대되었다. 2006년 이인성 미술상을 수상했으며, 저서로는 화집 <김구림>(서문당, 2000)과 <판화 컬렉션>(서문당, 2007) 〈서양판화가 100인과 판화 감상〉(미진사 2014) 등이 있다.

김구림 화가

작품명-음양

2009

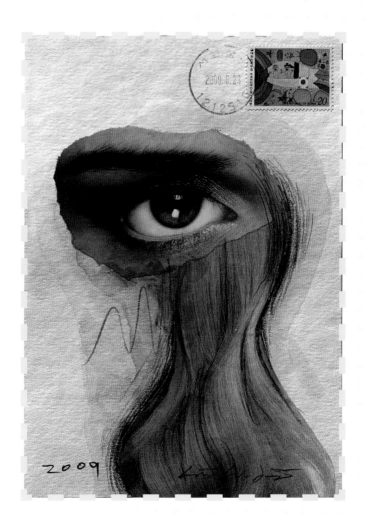

2009

김홍수 (金興洙 1919~2014) 화가 * 함경남도 함흥 출생으로 1944년 도쿄미술학교 서양화미술학과를 졸업.

1954년 서울대학교 미술대 교수로 재직. 대한민국미술대전의 심사 위원 또는 위원장을 지냈으며, 조형주의를 개척한 화가로 정부로부터 금관문화훈장 등을 받았다. 주요 작품에 <나부의 군상> <전쟁 과 평화> 등 다수가 있다.

김흥수 화가

최석로 대표 님 혜존

사랑을 온 세상에...

김 흥 수

2011 · 1 · 8 · SEOUL

사

랑

Kimsou

29

강찬모 화가

강찬모 화가

강찬모 [※] 1949년 충남 논산 출생. 중앙대학교 예술대학 회화과 졸업, 일본 미술학교
수학(채색화 연구), 일본 츠쿠바대학 수학(채색화 연구).
2013년 프랑스 보가드성 박물관 살롱전 금상. 히말라야 설산에서 '빛이 가득하니 사
랑이 끝이 없어라-'는 주제로 하늘의 별을 그리는 화가로 국내외 초대전 개인전 등 왕
성한 활동을 하고 있다. 서문당에서 아르 코스모스 <강찬모> 화집 발행(2017)

기　도

이한밤 깊은 혼잠에
빠저 있다 해도···

　하늘에는 별들이 서로사랑하
며 찬란하게 빛나고 있다는사
실을 잊지 않게 하소서!

강 행 원 화가

강행원 (姜幸遠) 화가 [*] 1947년 무안에서 태어나, 1982년 동국대학교 대학원 미술과를 나와 화가로 데뷔하였다. 1985년 국립현대미술관 초대작가가 되어 미술대전 운영위원 및 심사위원장을 역임했다. 성균관대학교, 경희대 교육대학원, 단국대 및 동대학원 등에서 강의를 했고 민족미술협회 대표, 참여연대 자문위원, 가야미술관 관장을 지냈다. 1993년 권일송 선생 천료로 문단에 나와 시집 <금바라꽃 그 고향>, <그림자여로> 등을 냈으며, 저서에 <문인화론의 미학>(서문당)이 있다.

수정같은 알은

속삭이는 부락을

더이상은 참지못해

일그러 그리며

윤산 짓고 그리다

영길은 지상가득

바람결에 지상보득

어만 더세근 스몄담고

어와 아 알안

36

老死不異

새 대가리에
앉은 고추 잠자리
갈도 크지
번뇌구름
가득 일어
고향 달이
어둡다.

이천구년
여름에

강행원
짓고그리다

37

공 석 하 시 인

공석하 (孔錫夏 1941~ 2011) 시인 ※ 경기도 안성 에서 출생. 동국대학교 국 문과 졸업. 덕성여자대학 등 출강, 현재 덕성여대 평 생교육원 교수.

1960년 제1회 「자유문학」 신인상 시 부문 수상(심사: 양주동). 시집 <像의 呪文>, <사물의 빛>, <겨울 抒情> 등. 소설로 <이 휘소>, <삼 풍백화점>, <첨성단을 찾 아서>, <프로메테우스의 간>, <우리 동네 구두박스 속의 엄대철 사장을 말 한 다>, <畵人> 등.

감상집으로 <고도를 위 하여>, <21세기의 孔子>, <예수는 없다> 등이 있 다. 계간 문화지 「뿌리」 대표 역임.

온 누리에 가득한 당신

깊은 산 계곡의 파아란 바람꽃 되어
머언 먼 바다의 하이얀 파도빛 되어
당신만을 사랑한다고 소리칩니다.

그러면 산도 바다도 다 사라지고
온 누리 가운데 당신 것이 가득합니다.

공 석 하.

길용숙 시인

길용숙 (吉勇淑) 시인

  ※ 이화여대를 졸업하였고
1990년 계간 <문학과 의
식>으로 등단. 시집으로는
<술잔에 세상을 빠뜨리고>
가 있으며 현재 '솔바람 복
지센터 어린이 글쓰기 교
실' 강사로 활동.

몰래 한 사랑

제 땅 한 뼘 마련하지 못한 채
차가운 시멘트 사이에
힘겹게 뿌리를 내렸습니다

젖 먹던 힘 다해
꽃대를 밀어 올리고
자꾸만 아득해지는 의식 붙들어 매어
몰래 아이 하나 낳았습니다

이리 밟히고 저리 밟히면서도
남의 땅 척박한 땅에서 키운
내 사랑
만나는 순간 이별도 시작되었습니다

포복한 바람에 몸을 맡겨
눈물 한 점 남겨 않게 준비하는
가장 가벼운 결별

바람이 왜 부는지
묻지 않고 몸 가는 대로 흐르듯
내 사랑에도 이유가 없습니다

길용숙

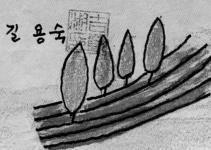

김가배 시인

김가배 (金可培) 시인 ※ 충남 공주에서 출생하였으며, <문예사조>를 통해 시인으로 등단했다.

시집으로 <바람의 書>, <나의 미학2>, <섬에서의 통신>, <풍경속의 풍경> 외 5권. 한국현대시인협회 이사, 수주문학제 운영위원, 부천신인문학상 운영위원, '소나무 푸른 도서관' 관장 등 역임, 문예사조 문학상, 세계시인상 본상, <오늘의 신문> 문화부문상을 수상했다.

목련꽃 이야기

김가배

수줍던 내 열여섯
열겹
눈이 크던 그 마음애
그애가 보낸 편지가
다 여기와
가지마다 곱게 달려 있네

하얀 봉투속
분홍빛 꽃들 밴 그사연
여기 와 다떨어져 있네

춘삼월 저하늘아래
그애도 지금
저 하얀꽃
쳐다 보고 있을까

김 령 화가

김령 (金鈴) 화가 [*] 1947년 서울 출생.
1969년 홍익대학교 미술학부 서양학과
졸업 제30회 국전 특선. 25회의 개인전,
국내외 초대전 등 다수.
저서로 <시가 있는 누드화집> 지하철문
고, <김령 드로잉 100선> 열화당, <아르
코스모스 김령> 화집 서문당. 등

작품명-이브의 열매

44

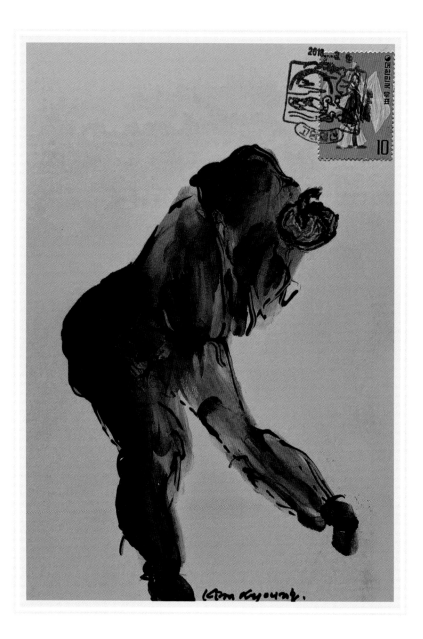

김 명 상 화가·시인

김명상 화가·시인 [*] 호는 경림. 프랑스 Academie de la Grand Chaumiere에서 회화 연수를 하였다. 제1회 개인전을 G.S 갤러리에서 갖은 바 있고, 프랑스 루브르 아트샵핑 등에 참여하였다. 2001년부터 2004년까지 4회 연속 대전광역시 미술대전에서 입선하였으며, 형상전, 대한민국여성미술대전, 보문미술대전 등의 공모전에서도 입상, 그는 현재 화가와 시인으로 활동하고 있다.

길

김명상

가고 싶어라 지베르니
보고 싶어라 모네수련
세느강가 캔바스
삶을 부풀게 하는 그리움

희망 따라 떠나라 하고
그리움은 간직한 채 돌아오라 하네
꿈만 같던 그 길
세느강을 그리는 화가가 되었네

아름다운 세상도
꿈 많은 낭만도
모두가 사랑과 행복
아직도 멀기만 한 여정

내 인생
꽃가루 흩날리는
아름다운 길

김소엽 (金小葉) 시인 ※ 이화여대 문리대 영어영문학과를 거쳐 연세대학교 연합신학 대학원을 졸업하고, 보성여고 교사, 호서대학교 교수 역임. 현재 대전대학교 석좌교수. 1978년 <한국문학>에 '밤', '방황' 등이 미당 서정주 선생, 박재삼 선생의 심사로 당선되어 문단 등단.

시집으로는 <그대는 별로 뜨고>, <지난날 그리움을 황혼처럼 풀어놓고>, <어느 날의 고백>, <마음속에 뜬 별>, <지금 우리는 사랑에 서툴지만>, <하나님의 편지>, <사막에서 길을 찾네> 등 다수. 수상집으로는 <사랑 하나 별이 되어>, <초록빛 생명> 등이 있으며 기독교문화대상. 윤동주문학상 본상 등을 수상하였다.

김 소 엽 시 인

봄이 오면

— 김소월

꽃이 피는
봄이 오면
나는 어쩌나
봄이 오는 소리에
가슴 끄리고
꽃소식만 들어도
눈물 핑 도는

봄이 오면
나는 어쩌나
꽃만 피고
님은 오지 않아
나는 어쩌나

Kyutae jeom

 그리움

一ㄴ 소엽

당신이
너무나도
그립습다

가슴은
노을빛

몸에선
낙엽타는
냄새

당신이
너무나도
보고싶다

Kyubae jeon

50

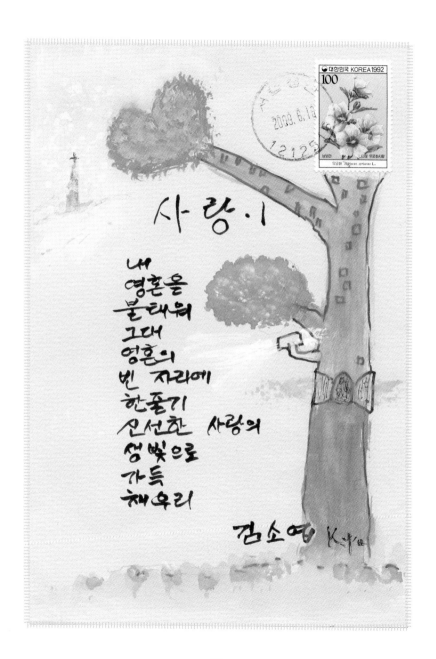

사 랑·1

내
영혼을
불태워
그대
영혼의
빈 자리에
한줄기
신선한 사랑의
섬빛으로
가득
채우리

김소영

김송하 시인

김송하 (金松下, 본명 金鍾文) 시인 * 충남 아산 출생. 건국대학교 축산과 졸업. '자유문학' 신인상 수상으로 등단. 서안시문학회 사무국장 역임. 좋은 시문학회 회원, 한국문인협회 아산지 지부장, 아산시인회 회원. 시집으로 <아내가 읽어주는 시 한편>, <건널목에서> 등.

들 꽃

김송하

찬찬히 들여다 봐
참 곱지
사람도 마찬가지야

김 승 동 시인

김승동 (金勝東) 시인 [*] 1998 '시대문학'으로 등단.
부천시인협회장, 한국시인협회 회원, 전 부천시의원.
시집 <아름다운결핍>, <외로움을 훔치다>, <그리움 쪽 사람들>.
산문집 <참 그리운 당신>.
컬럼집 <사랑하면 보이는 것> 등이 있음.

허 허

김 승 동

그리운가
잊어버리게, 여름날
서쪽하늘에 잠시 앉다가는 무지개 인것을
그 고운 빛깔에 눈멀어 상심한 이
지천인 것을

미운말인가
따뜻한 눈길로 안아주게
어차피 누가 가져가든 다 가져갈 사랑
좀 나눠주면 어떤가

그렇게 아쉬운가
놓아 버리게
불들고 있으면 하나일 뿐
놓고 나면 전부 그대 것이 아닌가

세상의 그립고 멉고 아쉬운 것들
그게 다 무엇인가
사랑채에 달빛 드는 날
묵 한 접시에
막걸리 한 사발이면 그만인 것을

김여정 (金汝貞) 시인 ※ 경남 진주 출생. 성균관대 국문과, 경희대 대학원 국문과 졸업. 1968년에 「현대문학」으로 등단하였고, 저서로는 시집 <화음>, <바다에 내린 햇살>, <겨울새>, <날으는 잠>, <어린 神에게>, <해연사>, <사과들이 사는 집>, <봉인 이후>, <내안의 꽃길>, <초록 묵시록>, <눈부셔라, 달빛> 등 12권, 시선집으로 <레몬의 바다>, <그대 꿈꾸는 동안>, <흐르는 섬> 등, 시해설집 <현대시의 이해와 감상>, <별을 쳐다 보며> 등.
시전집 <김여정 시전집>, 수필집 <고독이 불탈 때>, <너와 나의 약속을 위하여>, <오늘은 언제나 미완성> 등.
대한민국문학상, 월탄문학상, 한국시협상, 공초문학상, 남명문학상, 동포문학상, 성균문학상, 정문문학상, 시인들이 뽑은 시인상 등을 수상했다. 국제펜클럽 한국본부 이사, 한국시인협회 자문위원, 한국여성문학인회 자문위원, 한국문인협회 회원, 한국가톨릭문인회 고문, '청미(靑眉)' 동인, '시정신' 동인.

김 여 정 시 인

은행잎 편지

이제는 황금빛 옷을 입어도 괜찮다고
이제는 황금빛 옷을 벗어도 좋다고
이제는 노오랗게 웃어도 된다고
이제는 바람에 떨어져 내려도 아름답다고
이제는 땅에 깔려 밟혀도 황금기라고
노오란 봉투편지를 보내는 사람
아 내 그리움이라 면 이별인 사람
평생 가슴에 묻어 두었던 사람을
은행잎 편지로 한꺼번에 고백하는 사람
내속의 젖멍울인 가을 사람
지금 자상은 그 사람이 남긴 말들로
찬란하다.

후소 (後笑)

김여정

김영자 화가

김영자 (金英子) 화가 [*] 홍익대학교 서양화과 졸업. 개인전 아트앤컴퍼니 기획초대전(신한아트홀, 2009) 외 23회, 단체전 홍익여성작가회전(2006), 한일 국제회화교류전(일본, 고베, 2006), 제7,8회 상해 국제아트페어(2004,2005), 한국여류화가회 30주년 기념전(예술의 전당, 2002), 여류화가회전(1994), 한러초대작가 교류전(러시아), 서울국제현대미술제(국립현대미술관,1993), 한민족 여성문화 교류전(중국,1992) 현대작가 초대전 출품(조선일보사 주최, 국립현대미술관, 서울 ,1963)외 다수. 한국여류화가회 회장, 홍익여성작가회 회장, 한국미술협회 서양화 제2분과 위원장 역임, 현재 한국미술협회 자문의원, 홍익여성작가회 고문, 한국 여류화가회, 상형전 회원.

작품명-꿈과 환상의 여행

종다리는 울타리 너머
아가씨 같이 구름 뒤에서 반갑다 웁네.

고맙게 잘 자란 보리밭아
간밤 자정이 넘어 내리던 고운 비로
너는 삼단 같이 머리를 감았구나.
내 머리조차 가쁜하다.

혼자라도 가뿐게 나가자.
밀물 나을 안고 도는 착한 도랑이
젓먹이 달래는 노래를 하고 제 혼자 어깨 춤만 추고 가네.
나비 제비야 깝치지 마라.
맨드라미 들마꽃에도 인사를 해야지.
아주까리 기름을 바른 이가 매던 그 들이라
다 보고 싶다.

내 손에 호미를 쥐어 다오.
살찐 젖가슴 같은 부드러운 이 흙을
발목이 시도록 밟어 매고
좋은 땀조차 흘리고 싶다.

강가에 나온 아이와 같이
짬도 모르고 끝도 없이 닫는 내 혼아

무엇을 찾느냐
어디로 가느냐
우숩다 답을 하려무나.

난 온 몸에 풋내를 띠고
푸른 웃음 푸른 설움이
어우러진 사이로
다리를 절며 하루를 걷는다.
아마도 봄 신령이 접혔나 보다.
그러나 지금은 들을 빼앗겨 봄조차

빼앗기 것네!

쓰고 남강 南江

빼앗긴 들에도 봄은 오는가

尙火 李相和

지금은 남의 땅
빼앗긴 들에도 봄은 오는가

나는 온 몸에
햇살을 받고
푸른 하늘 푸른 들이
맞붙은 곳으로
가름아 같은 논길을 따라
꿈속을 가듯 걸어만 간다.

입술을 다문 하늘아 들아
내 맘에는 나 혼자 온 것 같지를 않구나
네가 끌었느냐 누가 부르더냐
답답워라 말을 해 다오.

김원 화 가

김원 (金垣 1931~2002) 화가　　호는 남강(南江) 경북 의성 출생. 서라벌 예술대학 졸업, 한양대학교 대학원 졸업. 소정 변관식 선생의 수제자로, 대한민국 미술대전 운영위원('98), 한국미술협회 고문 등을 역임했으며 1986년부터 1998년까지 대구대학 미술대 교수로 재직했다. 그리고 그의 유작 50여점은 대구대학에 기증되어 매년 후학들을 위해 전시되고 있다.

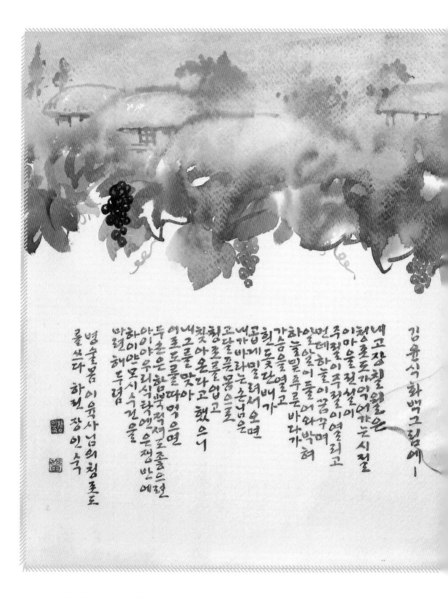

김윤식 화백 그림에 -

내 고장 칠월은
청포도가 익어 가는 시절

이 마을 전설이 주저리주저리 열리고
먼 데 하늘이 꿈꾸며 알알이 들어와 박혀

하늘 밑 푸른 바다가 가슴을 열고
흰 돛단 배가 곱게 밀려서 오면

내가 바라는 손님은 고달픈 몸으로
청포를 입고 찾아온다고 했으니

내 그를 맞아 이 포도를 따 먹으면
두 손은 함뿍 적셔도 좋으련

아이야 우리 식탁엔 은쟁반에
하이얀 모시 수건을 마련해 두렴

병술 봄 이육사 님의 청포도
를 쓰다 하전 장인숙

김윤식-이육사의 청포도

김 윤 식 화 가

김윤식 (金潤湜 1933~20
08년) 화가 ※ 평남 강동
군 출생. 1962년 홍익대학
교 미술대학 회화과 졸업.
개인전 11회. 강남대학 강
사, 한국기독교미술인협회
회장 역임. <서문문고 322
번 한국의 정물화 저자>.

김 지 원 시인

김지원 (金知元) 시인 ※ <현대시학> 추천. 1967년 광주일보에 '촛불' 발표. 시집으로 <다시 시작하는 나라>, <열하루동안의 부재>, <시내 산에서 갈보리 산까지> 등. 창조문예문학상, 한국크리스천문학상, 기독교 문화예술대상 수상. 한국시인협회, 한국문인협회, 펜클럽 회원, 현재 서울중앙교회 목사.

그 리 움

金 知 元

당신은 항상
내 안에 가득하다
가까이 갈수록
더 멀어지는 세월의 깊이
밤새도록 걸어
나는 지금
그리움의 끝에 와 있다

김 지 하 시인

김지하 (金芝河 1941~2023) 시인 ※ 본명 영일(英一), 전남 목포 출생. 1966년 서울대학교 문리과대학 미학과 졸업. 1969년 시 '황토길'로 등단. 2006년 만해 대상, 2011년 민세상 수상. 동국대학교 석좌 교수. 시집으로 첫시집 <황토> 이후 <타는 목마름으로>. <검은 산 하얀 산>, <오적> 등 여러 권 이 있다.

아래 작품은 1973년 12월 24일 백기완, 장준하 등 재야인사들을 중심으로 개헌 청원 서명지지 선언을 한 후, 1974년 1월 이희승 등 문인 61명의 개헌서명 지지선언, 대회를 마친 직후, 서울 중부경찰서에 연행되었을 때, 신문지 여백에 그린 소설가 이호철 (1934~2020)의 초상.

구치소에서 그린 이호철의 초상

김 지 향 시인

김지향 (金芝鄕) 시인 * 경남 양산에서 성장했으며, 홍익대 국문과와 단국대 대학원 문학박사를 거쳐 서울여자대학 대학원에서 문학박사 학위를 받았다. 한양여자대학 문예창작과 교수, 한국여성문학인회 회장, 한국크리스천문학가협회 회장 등을 역임했다. 1954년 <태극신보>에 '시인 R에게'와 '조락의 계절' 등을 발표하고 1956년 첫 시집 <병실>을 발간했으며 1957년 시 '산장에서'를 <문예신보>에 시 '별'을 <세계일보> 등에 발표하면서 활동을 시작했다. 첫 시집 <병실> 등 24권의 창작시집이 있으며 기타 <김지향 시전집(20권 합본)>, 대역시집으로 <A Hut in a Grove(숲속의 오두막집)>와 에세이 집 <내가 떠나보낸 것들은 모두 아름답다> 등 6권과 시론집 <한국현대여성 시인연구> 등이 있다. 제1회 시문학상, 대한민국 문학상, 한국크리스천문학상, 세계시인상, 제1회 박인환문학상, 윤동주문학상 등 문학상을 수상. 국제펜클럽 한국본부 자문위원, 한국시인협회 자문위원 역임, 계간 <한국크리스천문학> 발행인 겸 주간 등 역임.

사랑법

바람이 풀잎을
사랑하듯
풀잎처럼 밟히는
자를 높이신 이를
나는 사랑한다

09. 6월

김지향

김 철 진 시 인

김철진 (金哲鎭) 시인 ※   경북 봉화 바래미 출생. 동국대학교 졸업, 아호는 무등(無等). 1975년 중앙일보와 1979년 서울신문 신춘문예로 등단. 시집으로 '아랑아 옷 벗어라', '사랑가' 등 여러 권이 있으며 현재 펜클럽, 한국문인협회 회원이며, 월간 <문학세계> 편집위원으로 있음.

사 랑 가

碧波 김철진

그리움 바다보다

더욱 푸르러

나의 밤은 오늘도

불면이구나

어허 둥실 두둥실

꿈이나 꾼다면

꿈에라도 네 얼굴

보기나 한다면

안 부

강을 사이에 두고
꽃잎을 피우네

잘 있으면 된다고
잘 있다고

이 때가
꽃이 질 때라고
오늘도
봄은 가고 있다고

무엇이리
말하지 않은
그 말

김 초 혜

김초혜 시인

김초혜 (金初蕙) 시인

 ＊ 1943년 서울에서 출생. 1965년 동국대 국문과를 졸업. 1964년에 「현대문학」지를 통해 시단에 등단하였으며 동구여상 교사, 육군사관학교 강사직을 역임했다. 1984년에 첫 시집 <떠돌이 별>을 출간했고 이 책으로 한국문학상을 수상했다. 1985년에 시집 <사랑 굿>을 출간. 한국시인협회상을 수상했고, 2008년에는 <마음 화상>으로 정지용문학상을 받기도 했으며 시집 2권이 프랑스 아르마땅 출판사에서 발간되기도 했다.

김후란 시인

김후란 시인 * 서울 출생.
서울대 사대 수학, 1960년
『현대문학』 등단
시집: <장도와 장미> <서
울의 새벽> <고요함의 그
늘에서> <그별 우리 가슴
에 빛나고> 등 14권
수상: 현대문학상 한국문
학상 PEN문학상 한국시협
상 등
현직: 문학의 집 . 서울 이
사장, 예술원 회원

사랑

김후란

집을 짓기로 하면
너와 나 둘이 살
작은 집 한채 짓기로 하면

먼 나라 바라볼 창
꽃나무 심어 가꿀 뜰
있으면 좋고 없어도 좋고

네 눈속에 빛나는
사랑만 있다면
둘이 손잡고 들어 앉을
가슴만 있다면

김 훈 화가

김훈 (金壎 1924~2013) 화가 [※] 한국 추상화 1세대 작가로 중국에서 출생, 일본 도쿄미술학교에서 서양화를 전공하고 1954년 현대작가 초대전을 주도했으며 1958년 김환가 박수근 등과 함께 한국인으로서는 처음으로 뉴욕에서 초대전을 열며 미국에서 활동하였고 80년대는 파리로 건너가 활동하면서 1993년에는 도톤상을 받기도 했다. 호는 송암.

작품명-꽃을 든 여자

김승옥 소설가

1941년 일본에서 출생. 1962년 소설 <생명연습>으로 등단. 2012년 대한민국 예술원상, 1968년 대종상 각본상 수상. 세종대학교 겸임 교수 역임.

이 작품은 김승옥이 그린 작품으로 1965년 1월 9일, 명동의 한 주점에서 김승옥이 전혜린(1934~1965), 이호철(1934~2020)과 함께 밤 10시까지 술을 마시고 헤어진 뒤, 초동 이호철의 하숙집에서 그린 이호철의 초상으로, 이 시각에 집으로 돌아간 전혜린은 수면제 과다 복용(?)으로 타계하였고, 이호철의 표현대로 김승옥이 초조함에 쌓여 이 그림을 그렸다고 해서 죽음을 예감했던 것은 아닐까 하는 것이었다.

나 태 주 시 인

나태주 시인 ※ 1945년 충남 서천 출생. 공주사범학교에 입학하면서 운명적으로 시를 만났다. 시 <대숲 아래서>로 1971년 서울신문 신춘문예에 당선. 첫 시집 이후, <그 길에 네가 먼저 있었다> 까지 39권의 창작시집과 산문집, 시화집, 동화집 등 100여권 출간. 받은 문학상은 흙의 문학상, 현대불교문학상, 한국시인협회상, 정지용문학상, 공초문학상 등이 있고 공주에서 공주풀꽃문학관을 운영하고 있다.

풀꽃

나태주

자세히 보아야
예쁘다

오래 보아야
사랑스럽다

너도 그렇다.

2021. 6. 8 나태주 봄내다。

마 광 수 _{시 인}

마광수 (馬光洙 1951~2017) 시인·소설가·수필가·평론가 [*] 서울 출생. 1969년 대광 고등학교 졸업, 1973년 연세대 국문과 졸업, 1975년 동 대학원 석사과정 졸업. 1983년 문학박사(연세대).

1977년 <현대문학>에 <배꼽에>, <망나니의 노래>, <고구려>, <당세풍(當世風)의 결혼>, <겁(怯)>, <장자사(莊子死)> 등 여섯 편의 시가 박두진 시인에 의해 추천되어 문단에 데뷔. 1989년 <문학사상>에 장편소설 <권태>를 연재하면서 소설가로도 등단. 홍익대 국어교육과 교수를 거쳐 연세대 국문학과 교수 역임.

별을 따다가
내 애인
귀고리 만들어
줘야지
그리고
그 귀에
고백고
키스해야지

마광수

문 효 치 시인

문효치 (文孝治) 시인 [＊] 1943년 전북 군산에서 출생했다. 동국대 국문과 및 고려대 교육대학원을 졸업했으며, 1968년 한국일보 및 서울신문 신춘문예에 당선되어 문단에 데뷔했다. 시집으로는 <남내리 엽서>, <무령왕의 나무새> 등 10여 권이 있고, 국제 펜클럽 한국본부 이사장과 제26대 문인협회 이사장 역임.

87

박 경 석 시 인

박경석 (朴慶錫) 시인 * 육사 출신의 전형적 야전지 휘관이었다. 현역 육군대위 시절, 필명 한사랑(韓史廊) 으로 시집 <등불>과 장편소설 <녹슨 훈장>으로 등단, 현역시절에도 필명으로 꾸준히 작품활동을 해왔다. 1981년 12.12군란을 맞아 정치군인과 결별, 육군준장 을 끝으로 군복을 벗고 전업작가로 변신한 후 시집과 소설 등 73권의 단행본을 펴냈다. 특히 서울 용산 전 쟁기념관의 박경석 시비 '서시', '조국'을 비롯하여 전국 각지에 12개의 박경석 시비가 있다.

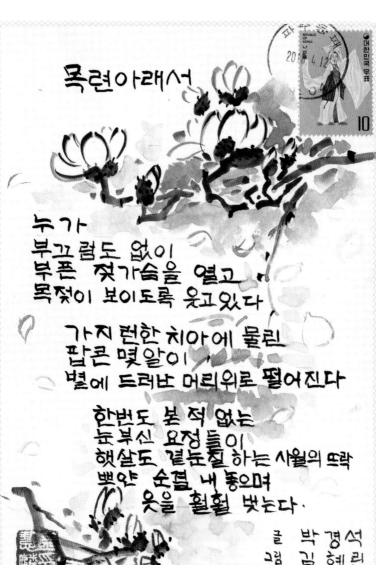

목련아래서

누가
부끄럼도 없이
부픈 젖가슴을 열고
목젖이 보이도록 웃고있다

가지런한 치아에 물린
팝콘 몇알이
볕에 드러난 머리위로 떨어진다

한번도 본적 없는
눈부신 요정들이
햇살도 곁눈질 하는 사월의 뜨락
뽀얀 순결 내뿜으며
옷을 훨훨 벗는다

글 박경석
그림 김혜린

박 근 원 시 인

박근원 시인 ※ 황해도 신천군에서 월남. 한양공대 건축공학과 졸업.
월간 '순수문학' 신인상으로 등단, 한국문인협회, 국제펜클럽 한국본부, 농민문학회,
복사꽃문학회, 징검다리 시동인회 회원. 동작문인협회 시분과위원장 등 역임.

연가

약천 約泉 박근원

그 사람이
자신도 사랑했었다는 말 전해 들었을 때
가슴이 두근거리다 못해
슬레이트 지붕 위에 빗줄기 떨어지듯 소리 날 줄이야
젊었을 때 같으면
그 사람 같은 미려美麗한 복사꽃 가지 위에
새처럼 날아오를 수는 없다 해도
이파리들 사이로 떨어진 빛 조각처럼 오르려했다면
못오를 것도 없었으리
그 후 황진이를 향한
임제의 상사병 같은 열정도 서서히 식어
보름밤 벽에 나뭇그림자 흔들리듯
환영幻影을 쫓아 다닐 처지도 아닌지라
기억 어딘가 묻을 수밖에

91

박 두 진 시인

박두진 (朴斗鎭 1916~1998) 시인 ※ 경기도 안성 출생 호는 혜산(兮山). 1939년 문예지 '문장'에서 정지용의 추천으로 등단하였으며, 박목월 조지훈과 함께 청록파 시인이다. 이화여자대학과 연세대학 교수를 역임. 예술원상과 서울시문화상 등을 받음.

박두진-청산도

青山道

산아. 우뚝 솟은 푸른 산아. 철철철 흐르듯 짙푸른
산아. 숱한 나무들, 무성히 무성히 무거진 산마루에. 금
빛 기름진 햇살은 내려오고, 둥둥 산을 넘어. 흰 구
름 건넌지라 썩기는 하늘. 산은 말없이 바람은 안
울고. 넘엇턴 멧줄기에서 울어 오는 빠꾸기 ……

산아. 푸른산아. 네 가슴 향기로운 풀 풀밭에 엎드리면.
나는 가슴이 울어라. 흐르는 붉덩이 스며드는 목숨에 여
미서 즐즐즐 가슴의 울어라. 아득히 가버린것 잊어
버려 하늘다. 이죽 이죽 우재 앓음 보고싶은 하늘에,
어쩌면 만나도 잘 보이고 옥신같이. 나혼자 그
리워라. 가슴으로 그리워라.

때 깊어는 세상에도 버레같은 세상에도.
늘 푸른 가슴 없은 오르지운 나의 사람. 달
밤이나 새벽녘. 홀로서서 눈물 어라 볼이
그운 나의 사람. 밤 가고 달가고 눈물도가고 되
어올 밝은 하늘 빛나는 아침 이르면, 향기로 운
이슬밭 목록이언덕 을 총총총 달려도 위즐 볼이
그운 나의 사람.

푸른산 하나씩 구름은 가고 꽃 넘어꽃넘어 빠꾸기
는 우는데. 눈에 어려 흘러가는 물결같은 사람속, 아
우성쳐 흘러가는 물결같은 사람속에 난어노라. 너만
그리노라. 훈자세 철도없이 난혼자만 그리노라.

화가 변종하-학그림

鶴

다시는 돌아오지 않을 빛의 나라
간다. 흘러가는 날개에서 꽃
잎 뚝뚝 진다. 옛날 옛날 흥
국나라 왕자오누이 눈물, 어머
님의 품에 얽혀 옛날 얘기 잠들
던. 모롱모롱 술의 핏맛 꽃잎 뚝
뚝 진다. 하늘에는 닭이 열개 해
가 열개 놀이 떠. 아픔도 배고픔도
죽음도 거기 없는. 절대 자유 절대
사랑 절대 환희 그뿐인. 머
나먼 하늘 저쪽 하얀 바닷 가
모래모래 거기쉬은 동화나라
간다. 나란하게 오누이 학 동화
나라 간다.

화가 김석기 – 비 그림

碑

하나라만 묵로 새가 낱이 모르라. 碑. 한
마다만 견디랗게 소래 뺄으라.

十六 二十六도 三十六도 조으는것. 미개마다
놀이되어 顏얼으로 되라. 이슬처럼 얼얼
마다 녹이흐르며, 이슥한 하늘 밖에 별
이 내리다.

碑. 오오. 돌. 무엇을 딱딱느가. 모래
숨이 겹쳐지면 갓쩍지가 돌느가. 돌을

뺄마 鶴처럼 구을밖도 나느가. 비바람
과 눈트래와 내려져는 도약별. 미
채 떠는 새윔들이 못을밖느다. 정을
밖느다.

─月光 ⋯⋯ 낱은, 별이 숨성 빼어내려. 거
울처럼 맑아지면 다시 네게 오마. 넌곳
한번 내어마이 눈을 젊어다오. 甁배
호지너를 두고 훝훝 내가 간다.

ㄹ 바닷가

박 명 숙

한 여자가 별처럼 살고 있는
주문진, ㄹ 바닷가
사랑 때문에
그리움 때문에
온 몸으로 사무치는 파도
서럽도록 사무차는 몸

뜨겁게 살아야겠네
거침없이 살아야겠네
내 청춘 출렁이는
주문진, ㄹ 바닷가

박 명 숙 시인

박명숙 (朴明淑) 시인
※ 1994년 '문예사조'에서 등단.
설송 시문학상, 서초 시문학상 수상. 시집으로 <달만큼의 거리에서>, <덫>, <겨울이 키우는 여자> 등이 있다. 현재 한국문인협회, 여성문학인회, 사임당 시문회, 서초문인협회 회원.

박 정 향 시 인

박정향 (朴庭香) 시인 ※ 전북 부안 출생. 중앙대학교 영문학과 졸업. 전북대학교 교육대학원 교육심리학 석사. 2000년 교직 퇴직. 「문예사조」로 시와 수필부문 등단. 한국문인협회 회원. 서초심상시인방 동인·관악문인회 회원. 저서로는 시집 <나무가 일어서는 가슴에>, 수필집 <나, 살아 있음에> 등 다수.

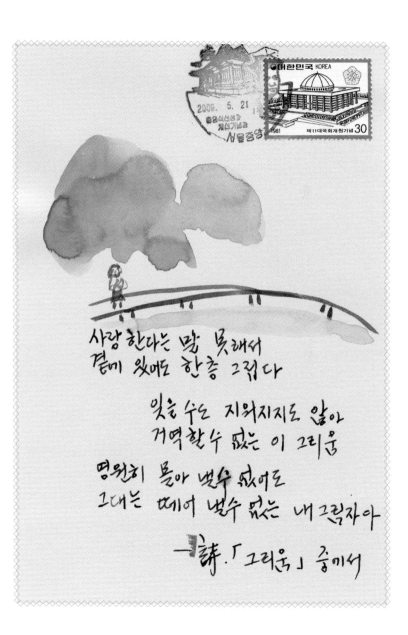

사랑 한다는 말 못해서
곁에 있어도 한층 그립다

잊을 수도 지워지지도 않아
거역할 수 없는 이 그리움

영원히 묻어 낼수 없어도
그대는 떼어 낼수 없는 내 그림자야

―詩.「그리움」중에서

박 현 수 시인·평론가

박현수 (朴賢洙) 시인·평론가 ※ 경북 봉화 출생, 세종대학교 국어국문학과 졸업

서울대학교 대학원 국문학 박사과정 졸업, 경북대학교 교수.

1992년 한국일보 신춘문예 당선.

시집 <위험한 독서>, <우울한 시대의 사랑에게>, 평론집 <황금책갈피> 등.

탄 생

박현수

먼 길을 걸어
아이가 하나, 우리 집에 왔습니다
건너온 게 있다는 듯
두 손을 꼭 쥐고 왔습니다
배꼽에는
우주에서 갓 떨어져 나온

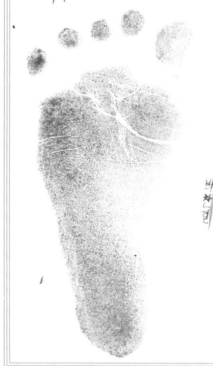

탯줄이
참외 꼭지처럼 달려 있습니다
저 먼 별보다 작은
생명이었다가
충만한 물을 건너
이제 막 뭍에 내렸습니다
하루 종일 잔다는 건
그 길이 아주
고단했다는 뜻이겠지요
인류가 저 나온
그 아득한 길을 걸어
배냇저고리를 차려 입은
귀한 손님이 한 분,
우리집에 왔습니다

배명식 시인

배명식 (裵明植) 목사·시인·화가 광주광역시에서 출생하여 총신대학교 대학원과 미국 트리니티대학원을 졸업.

1987년 크리스찬신문 신인문예상과 1993년 '문학과 의식'에 시와 1994년 '문학세계'에서 소설 신인상으로 등단. 시집으로 <다른 하늘을 그리며>, <사랑하기위해 있는 나무> 등 여러 권이 있고, 화가로서도 한일미술대전, 한국문화예술대상전, 대한민국 국민미술대전에서 수상하고 10회의 개인전과 20여회의 시화전을 가졌다.

현재 원동교회 담임목사로 재직하며, 한국작가회의, 한국문인협회 회원, 크리스찬시인협회 회장직을 맡고 있다.

서정란 시인

서정란 (徐廷蘭) 시인 ※ 경북 안동 출생. 1992년 『바다시』 동인지로 등단. 시집으로
<오늘 아침 당신은 내 눈에 아프네요>, <어쩔 수 없는 낭만>, <어린굴참나무에게>,
<꽃그림 까페> 등 7권. 한국문인협회, 한국시인협회, 한국여성문학인회, 국제펜클럽,
동국문학회, 문학의 집 회원. 동국문학상, 한국문학백년상 등 수상.

꽃구름 카페   서정란

벚나무 허공에다 꽃구름 카페를 열었습니다
밤에는 별빛이 내려와 시를 쓰고
낮에는 햇빛이 시를 읽는 허공카페입니다

곤줄박이며 콩새 방울새 박새 오목눈이까지
숲속 식솔들이 시를 읽고 가는가 하면
벌라 나비 바람꽃이 바람까지
시를 어루만지고 가는 꽃구름 카페입니다

107

서 정 주 시 인

서정주 (徐廷柱 (1915～
2000) 시인 ※ 전북 고창
에서 출생. 아호는 미당, 중
앙불교전문교 수학. 1936
년 동아일보 신춘문예에
시 벽(壁)으로 당선.
제1시집으로 <화사집> 제
2시집 <귀촉도>와 <동천>,
<떠돌이의 시> 등 10여권
의 시집이 있으며 주로 토
속적 불교적 내용을 주제
로 한 시를 많이 썼으며, 서
라벌예술대학과 동국대학
교 등에서 오래동안 교수
를 역임했다.

연못 만나러 가는
바람 아니라
만나고 가는 바람같이
엇그제 만나고 가는
바람 아니라
한두철진
만나고 가는 바람같이

未堂 徐廷柱 詩書

서희환 서예가

서희환 (徐喜煥 1934~1998년) 서예가 ※ 호는 평보(平步). 전남 목포 출생. 국전 연 4회 특선, 국전 대통령상 수상. 한글 서예를 전문으로 창작 활동, 국전초대작가, 수도 여자사범대학 교수 역임.

대신 사랑에인

무른 조국이

여자는 와정

의 와사랑위

에 오래거라

평보서화혼

일선구칠칠십칠칠년

성 춘 복 시 인

성춘복 (成春福) 시인 ※ 경북 상주 태생(1936), 성균관대 졸업. <현대문학>(1959)으로 등단, 시집으로 <오지행>, <마음의 불>, <혼자 사는 집>, <봉선화 꽃물> 등 17권. 산문집 <어느 날 갑자기>, <길을 가노라면> 등 7권 외 평론집 소묘집 등 다수. 을유문화사·삼성출판사 편집국장 역임. SBS문화제단 이사, 한국문인협회 상임이사, 부이사장, 이사장 등 역임. 제1회 월탄문학상, 한국시인협회상, 대한민국 문화예술상, 서울시문화상 등 수상.

봄은 오겠지

성 춘 복

금세 꽃바람 타고
수유와 나리, 살구며 봉숭아
더는 진붉음도 아닌
달래 와 철쭉들을 보고 싶구나

또 물푸레와 팥배
층층나무와 찔레를
그 하얀 등허리를 타고
눈 시린 세상도 보고프다

파아랗게 물더 들 되는
검연쩍은 수줍음의 봄아랑을
어찌 하랴, 이 나이로도
꽃구경은 나선 누밖에

깊은 어디로든 나 있지만
삶의 뿌리가 되는 저기
내숭느런 나의의 흥분이나마
그래도 문을 따고 나서 보아야지.

이천십일년 첫아침
상남 그리고 씀

어쩌다
빈 가슴에
노을 빛 채워기로

마음에 이름 붙인
마지막 물때였나

다저문
이승의 하루
좋는 듯 따르리라.

詩「누군가 뒤에서」

성춘복 쓰고 그리다
2009. 7. 18

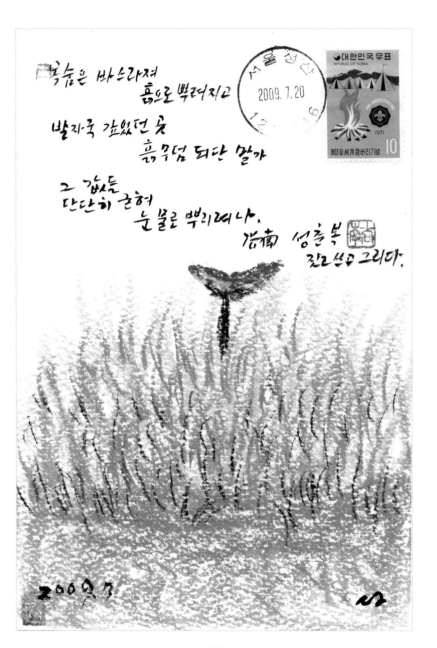

목숨은 바스라져
　　　흙으로 뿌려지고

발자국 깊었던 곳
　　　흙무덤 되단 말가

그 갚으든
단단히 굳혀
　　　눈물로 뿌리려나.

嶺南 성춘복
　　　짓고 쓰고 그리다.

2009. 7. 20
서울 성산

대한민국우표
REPUBLIC OF KOREA
THE UNDERSTANDING
1971
제13회 세계 캠버리기념
10

2009.7

손광세 (1945~2018) 시인 [※] 일본에서 출생하여 경남 진주에서 성장. 월간문학 신인상 당선, 동아일보 신춘문에 당선, 시문학 천료. 한국시인협회 중앙위원, 한국시인정신 회장, 서울아동문예작가회 회장, 시인나라 발행인. 시집으로 '이 고운 나절을', '이태리포플러 숲길을 걸으며', '나무의자' 등 다수.
한국아동문학상, 방정환문학상, 조선문학상 대한아동문학상 수상, 홍조근정훈장 수훈.

손 광 세 시 인

가을 하늘

손 광 세

옹달샘에 가라앉은
가을 하늘.
쪽박으로 퍼 마시면
쪽 욱
입 속으로 들어오는
맑고 푸른
가을 하늘.

송 현 숙 시인

송현숙 (宋賢淑) 시인

  ※ 성균관대학교 교육학과
졸업, 중·고등학교 교사 역
임, 1992년 계간지 <문학
과 의식>으로 등단, 한국문
인협회 회원, 가톨릭문인회
회원, 2000년 성균문학상
우수상 수상.

작품집 <꽃>, <누군가 기
다려지는 날에>, <그대 사
랑 앞에서>, <아픔없이 어
찌 사랑을 알랴>, <무지개
여행 1·2·3> 등.

그리운 날

오늘 저녁
너
그리운 날
또
있을까

입가에 머물고 간
상큼한 바람

오늘 저녁
너
그리운 날
또
있을까

마냥
사랑하고만 싶은

오늘 저녁
너
그리운 날
또
있을까

송 현 드림

신 달 자 시인

신달자 (愼達子) 시인 ※ 1943 경남 거창 출생, 숙명여대 대학원 국문과 졸업, 1964 「거상」에 시 '환상의 밤'이 당선, 1972 「현대문학」에 시 <밭>, <처음 목소리>가 추천되어 등단 「문채」동인. 명지전문대학 문예창작학과 교수 역임.

시집으로는 <봉헌문자(奉獻文字)>, <겨울축제>, <고향의 물>(서문당), <아가(雅歌)>, <황홀한 슬픔의 나라>, <다만 하나의 빛깔로>, <아가 2>, <백치 슬픔>, <외로움을 돌로 치리라>

수필집으로는 <당신은 영혼을 주셨습니다>, <시간을 선물합니다>, <그대 곁에 잠들고 싶어라>, <아론 나의 아론>, <지금은 신을 부를 때>, <백치에인>, < 두 사람을 위한 하나의 사랑>, <물 위를 걷는 여자>, <사랑이여, 나의 목숨이여>, <밉지 않은 너에게>, <혼자 사랑하기>, <네잎 클로버>

수상 2008년 제6회 영랑시문학상 본상, 2007년 현대불교문학상 등.

가을엽서

이 가을
내
이별한
독 손엔
향수를 취...
비어만
간다~

아가

그대만
해어끼지
사흘
너무 많은
세월이
흘러갔다

웃었지

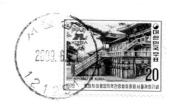

편지

백지한장
보냅니다
얼룩빠 얼룩 숯을
마주하며 백지
접하나 쩍지못한
이 마음
보냅니다

쓴사자

신 동 명 시인

신동명 (申東明) 시인 [※] 서울에서 출생. 명지대학교 졸업, 국민대학 대학원 문창과 수료. <문예사조> 수필과 <문학21>에서 시로 문단에 등단. 한국문인협회 회원, 국제펜클럽 회원, 한국현대시인협회 회원.

현재 월간 '문예사조' 편집위원장. 저서로는 <날개의 의지>, <슬픔의 반란> 등 시집 4권과 에세이집 <달팽이의 꿈>, 기행수필집<한강에서 세느강까지> 등 모두 11권이 있다.

끈끈이주걱

신동명

너 거기 있고
나 여기 멀리 있다한들
마음만 있으면 어딘들 함께 못 가랴
사람아
내 사람아

방금 만나고 헤어져도 아쉬움에
뒤 돌아보게 하는
끈끈이주걱아

꽃과 목숨

꽃이 진다
서러워 마라
꽃보다 진한 사랑의 씨앗을
남기는 목숨

신영옥

　　좋은 세상 만들 사람
그가 바로 좋은 사람이라
대지를 가득 메운
생명들이
알알이 영글어 꿈을 심는다

2009. 8.20

30
●대한민국
1980 한국미술 5천년
알공로담수맥새 REPUBLIC OF KOREA

신 영 옥 시인

신영옥 (申英玉) 시인 ※ 아동문학가, 가곡작사가로도 활동(호 惠山), 충북 괴산에서 출생. 청주교육대학과 한국방송통신대학교를 졸업하고 충북과 서울에서 40여년간 교육계에 근무하였다. 「문학과 의식」으로 등단. 시집, <오늘도 나를 부르는 소리>, <흙내음 그 흔적이>, <스스로 깊어지는 강> 등의 시집과 다수의 공동시집과, <그리움이 쌓이네>, <겨레여 영원하라>, <물보라> 등 70여 곡의 가곡 CD와 교가, 군가 등을 작사하였다. 한국문협, 국제펜클럽, 현대시협, 크리스천문학회, 여성문학인회, 한국아동문학연구회, 가곡삭사가협회, 시동인 등에서 활동 중이며, 국민훈장 동백장, 허난설헌문학상(4회), 영랑문학상(9회) 등 다수를 수상하였다.

127

신제남 (申濟南) 화가 [*]   1952년 경기도 수원에서 출생, 강원도 철원에서 성장하였다. 중앙대학교 예술대학 회화과와 경희대학교 대학원 미술과를 졸업하였다. 개인전 24회와 단체전 900여 회 이상 참여하였으며, 중앙대·성신여대·추계예대·경기대 등에서 강의하였으며, 송파미술가협회 회장, 미술단체 선과 색 회장을 역임했다.

현재 한국미술협회 부이사장·대한민국 현대인물화가회 회장·아시아 현대미술교류회 회장·송파미협 고문 등 20 여개 미술단체에서 활동 중이다. 주요 작품 소장처는 독립기념관·백범기념관·서울시립미술관·제주도립미술관·해군본부 등 다수이다.

신 제 남 화가

작품명-사미인곡

思美人曲

二〇〇九年 申靑南

2009. Shimen

심 명 숙 시인

심명숙 시인 [*] 호는 청휘
시인, 여행작가
중국 염성사범대학 한국어 강사 역임
시집 2권, 세계여행작가협회 사무국장
계간 〈현대작가〉 편집국장
격월간 〈여행문화〉 편집국장

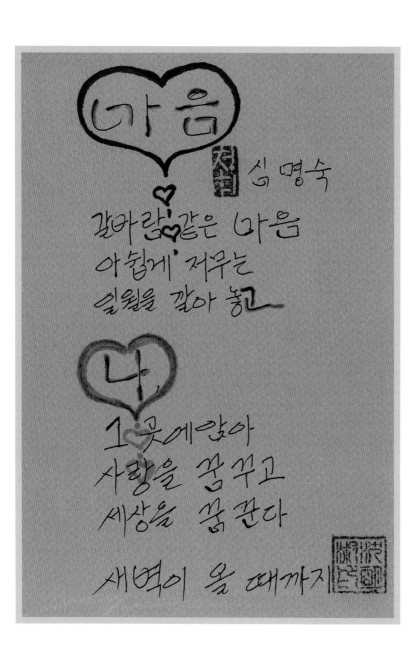

마음

심 명숙

갈마랑 같은 마음
아쉽게 저무는
일월을 갈아 놓고

나

그곳에 앉아
사랑을 꿈꾸고
세상을 꿈꾼다

새벽이 올 때까지

안 도 현 시 인

안도현 (安度眩) 시인 [*] 1961년 경북 예천군 출생. 원
광대학교 국어국문학과 졸업. 단국대학교 대학원 문
예창작학과 졸업. 우석대학교 문예창작학과 교수 역
임. 1981년 대구매일신문 신춘문예 당선. 1984년 동
아일보 신춘문예 당선. 1996년 시와시학 젊은 시인상.
1998년 소월시문학상. 2002년 노작문학상 수상. 시집
으로 <서울로 가는 전봉준>, <모닥불>, <그대에게 가
고 싶다>, <외롭고 높고 쓸쓸한>, <그리운 여우>, <바
닷가 우체국>이 있다. 어른을 위한 동화<연어>, <관
계>, <사진첩>, <짜장면>, <증기기관차 미카>, 산문집
<외로울 때는 외로워하자>를 내기도 했다.

　내가 울기 32에 나를 위해 뻐꾹이
대신 울어줄
　북향, 나는 서러워지게기 그리운 곳은 북향
이라
　하였는데 너는 다시는 돌아오지 못한
다 하였다
　　─「북향」중에서

　　　　안 도 현

133

너에게 묻는다

연탄재 함부로 발로
너는
누구에게 한 번이라도

차지 마라-

뜨거운 사람이었느냐

아ᄂ 조현ᄀ

안 봉 옥 시 인

안봉옥 시인 [*] 1995년 <열린 문학> 시 등단. 한 국문인협회 시흥 지부장 역임, 예총 예술문화상 수 상, 시흥 예술대상 수상. 현재 예총 시흥 부지부장. 시집으로 <느티, 말을 걸 어오다>가 있음.

그리움

안 봉옥

떠난 것들이
노을처럼 번져가는 저녁
어둠이 산등성이를 감싼다
칠흑 같은 하늘에
오래된 얼굴 하나
둥실, 떠오르면
몸이 먼저 달리기 시작한다
마음을 뒤에 두고

염 조 원 화 가

염조원 (廉朝媛) 화가
  ※ 개인전 4회. 국전, 대한
민국 미술대전 연 6회 입
선.
  경기도 미술대전 우수상,
특선, 입선. 경기도 예술대
상, 경기도 여성상, 부천시
문화예술상 등 수상. 한국
미술협회 회원, 부천가톨
릭 미술인회, 일수회, 부천
미술협회 자문위원.

시들고 마른 넘를 다시 안고
높은 하늘 시원한 선적 아래
물어 주러 나왔라 들국화야!
저기너의 푸른 천정이 있라
여기너의 죽향가는 방영이었라

시노천명
염조원

국화

계

들녘 경사진 언덕에 네가 없었다면
가을은 얼마나 적적했으랴
아무도 너를 여왕이라 부르지 않건만
봄의 화려한 장미를 사랑하고
이름모를 풀꽃들에 쉬여
외로운 절기를 홀로 지키는 빈들의 새악시여
가을 꽃보라 푸르거운 내마음 사랑스러워
거친 들녘에 함부로 두고 싶지 않았다

한아름 고이 꺾어 안고 돌아와
책상위 화병에 너를 옮겨놓고
거기서 맘대로 화창하라 빌었건니
들에 보듬고 생기 나눌 섬이어리고
웃음 지준 네 설움을 수 의째
빛나는 모양은 한일 주일 병들어 가는구나
아침이슬이 머주어주는 맑은 대로
들녘의 한밤을 이슥간 못하냐...?
너는 끝내 거친 들녘 정든 뿌리 넘어서 속에
살리라 거기의 것 ...

우 선 화가·시인

우선 (禹善) 화가·시인 ※ 충남 청양에서 출생. 부여여고와 추계예술대학교에서 동양화를 전공하고 경희대학교 교육대학원을 졸업. 대한민국평화미술대전 대통령상, 프랑스 미술협회 르쌀롱상 수상. 예술의 전당 등에서 개인전(10회)과 그룹전을 가졌다. 2008년 시인 신인상, 노천명문학상 수상. 시집 등 저서로는 <나를 찾아 떠나는 여행>, <우선의 명상 일기>, <벗을수록 아름다운 사람> 등이 있다. 현재 아시아골프지도자협회 회장, 베스트웨이 골프학교 이사장, 한국미술협회, M21 회원.

그리움

님
그리다
지쳐 버린
나의 영혼은

후 . . .

목이 젖이도록
하늘은 보네

멸치꽁치

살아온게 무엇인가
나는 무엇인가
? ? ? ? ?
한때는
바다를 가장 잘하며
제가끔 푸른 깃을 세우던 내게
새끼줄에 포박당한채
줄광대 걸려
섯물 떨물
밤낮이 간다.
꼬리를 물고 이어지는
허물 때물에
설고 고행을 하고 섰는가.
햇살 솟던 비수가
죽이 죽고 은빛도 바래졌구나
갯바람을 맞으며
날이 갈수록 야위어가는 너는
점점
물음표를 닮아간다. 호우 [印]

우 종 렬 화가·시인

우종렬 (禹鐘烈) 시인·서각가·한국화가 ※ 아호는 토우(土偶). 2002년 월간 문예지 '문예사조' 추천으로 등단한 후 매년 시동인지를 발간하며 시작 활동을 하고 있다. 대구미술대전 정수미술전 등에 한국화 부문에 입상하고 현재 '그리움'이라는 서각화 실을 열어 동양화와 현대서각의 대중화를 위해 작업 중이다. 2009년에 제1회 '그리움 전'을 개최하였다.

유 성 숙 화가

유성숙 화가 [*] 1950년
강원도 강릉 출생. 1973년
홍익대학교 서양화과 졸업.
개인전과 국내외 초대전 다
수. 화집으로 서문당 발행
<아르 코스모스 유성숙>
등이 있음.

작품명-향기로 피어나다

144

윤극영 (尹克榮 1903~1988) 아동문학가 동요작가 [※] 서울에서 출생, 경성고보를 졸업, 경성법학전문학교를 중퇴하고 일본으로 건너가 동양음악학교에서 바이올린과 성악을 수학, 1923년 방정환이 조직한 색동회에 참가하였으며, 1924년 12월에 한국 최초의 동요인 <반달>을 작사 작곡하였다.

윤 극 영 동요작가

은하수를
건너서
구름나라로
어디로가나

멀리서
반짝반짝
비추이는건

샛별 등대란다
길을 찾아라

윤극영

반달

계수나무
한나무
토끼 한마리
돛대도 아니달고
삿대도 없이

푸른하늘
은하수
하얀쪽배엔

가기도 잘도 간다
서쪽나라로

이근배 시인

이근배 (李根培) 시인 ※ 1940년 3월 1일 충남 당진 출생. 1961~4년 경향, 서울, 조선, 동아, 한국 신춘문예 당선. 한국시인협회 회장, 대한민국예술원 제39대 회장 등 역임. 현재 신성대학 석좌교수. 현대불교문학상, 고산문학상 등 수상.

시집으로 <노래여 노래여>, <사람들이 새가 되고 싶은 까닭을 안다>, <시가 있는 국토기행>. 시선집 <사랑 앞에서는 돌도 운다> 외.

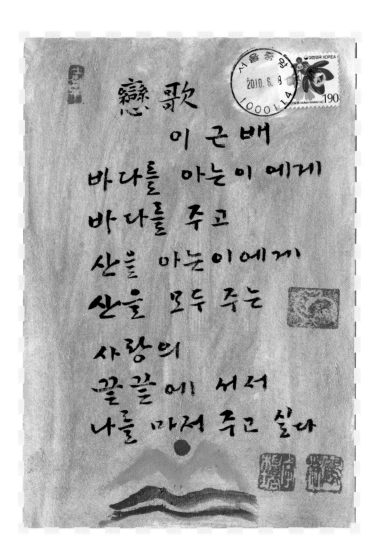

戀歌
　　이근배
바다를 아는 이 에게
바다를 주고
산을 아는이에게
산을 모두 주는

사랑의
끝끝에 서서
나를 마저 주고 싶다

149

이 길 원 시 인

이길원 시인 ※ 국제PEN 세계본부 이사. 국제PEN 한국본부 이사장 역임. 망명북한 작가PEN 고문. 문학의 집 이사. <문학과 창작> <미네르바> 편집 고문

저서 : <하회탈 자화상>, <은행 몇 알에 대한 명상>, <계란껍질에 앉아서>, <어느 아침 나무가 되어>, <헤이리 시편>, <노을>, <가면>, <감옥의 문은 밖에서만 열 수 있다.>, <시 쓰기의 실제와 이론> 외

영역시집 <Poems of Lee Gil-Won>, <Sunset glow> <Mask> < The Prison Door can only be Opened from outside.>

불역시집<La riviere du crepuscule> 헝거리역 시집 <Napfenypalast>

수상 : 대한민국 문화예술상. 서울시 문화상. 천상병 시상. 윤동주 문학상. 시인들이 뽑은 시인상. 대한민국기독문학 대상 등.

집에 대한 예의

이 길 원

사랑하라
긴 여행길에 오른 당신의 삶을

센 바람 태풍에도 끄떡 없는 집을 짓는 까치도
제 몸보다 수백 배나 큰 집을 짓는 개미도
기도 하듯 만든 집에서
새끼 놓고 키우며
사랑하나니 버려거늘
우리 삶에 사랑이 없다면
궁벙건들 무슨 의미가 있으랴

사막을 걷는 낙타의 오아시스 같은 집
일을 마치고 해거름 돌아 와
하루를 감사해 하며
매달리면 끄시건 못할 것 처럼
사랑하는 사람과 함께 웃고
철 없는 아이처럼 뛰며
살아 있음을 마음껏 즐거워 하라
이는 집에 대한 당신의 예의

여행이 끝나는 듯, 마지막 휴식처
가장 편안한 무덤의 문을 열때 까지

이 동 식 화가

이동식 (李東拭) 화가

※ 호는 청사(靑史). 서라벌
예술대학과 고려대학교 대
학원 졸업. 대한민국 미술
대전, 신미술대전, 한국현
대미술 대상전 등의 심사
위원 역임. 한국미술협회
회원, '동경 미술' 전속 작
가. 연세대학, 경희대학, 객
원 교수 역임. 2009년 뉴
욕세계미술대전 세계평화
를 위한 UN기념관 초대작
가. 2003년, 오늘의 미술가
상 수상.
저서 <이동식 풍속화>1,
2(서문당, 2005)

작품명–사랑의 찬가

꿈과 행복이 머무는
사랑의 찬 가

REPUBLICAN OF KOREA

2009. 6. 15

壽中 LEE DONG SIK

이 명 수 시인

이명수 (李明洙) 시인 [※] 1975년 월간 시지 '심상'(박목월추천)으로 등단. 시집으로는
<공한지>, <왕촌 일기>, <울기 좋은 곳을 안다> 외 다수, 시선집으로 <백수광인에게
길을 묻다> 등이 있다.
현재: 한국시인협회 이사. 충남시인협회 회장, 계간시지 '시로 여는 세상' 대표.

파 도

이 명수

쓰러지는 사람아 바다를 보라

일어서는 사람아 바다를 보라

쓰러지기 위해 일어서는

일어서기 위해 쓰러지는

현란한 반전

슬픔도 눈물도 깨어 있어야 한다

이만익 화가

이만익 (李滿益 1938
~2012) 화가 ※ 황해도 해
주에서 출생, 서울에서 성
장. 경기고 재학 중에 국전
에 입선, 서울대학교 미술
대학에 입학, 박서보 김창
열 윤명로 등과 함께 그림
을 그리며 3학년 때 국전에
특선, 졸업 후에도 3년 연
속 특선을 했다. 그 후 그는
파리를 다녀와 한국적 미
감의 독자적 그림 세계를
추구, 1988년 서울올림픽
미술 감독을 지내는 등 다
양한 활동을 했다.

작품명-가족

이 어 령 문학평론가·전 문화부 장관

이어령 (李御寧 1934~2022) 문학평론가·전 문화부 장관 ※ 충남 온양 출생.

학력: 서울대학교 문리대 졸업, 동 대학원 졸업, 문학박사.

학계: 1960년대 서울대 문리대 강사, 단국대학 전임강사로 출발, 이화여대 문리대 교수, 석좌교수, 1980년대 일본동경대학 객원 연구원, 89년 국제 일본문화 연구센터 객원교수(89) 1989년 이화여자대학 기호학연구소 소장. 대한민국 예술원 회원, 문학평론가, 이화여대 명예석좌교수, 중앙일보 상임고문.

언론계: 1960년 서울신문 논설위원으로 출발, 한국일보, 중앙일보, 조선일보 등 논설위원으로 칼럼을 담당, 경향신문 프랑스 특파원 등을 역임.

문화계: 1956년 문학예술지를 통해 문학평론가로 문단에 데뷔. 1970년 문학사상 주간, 1988년 올림픽 개폐회식 식전과 문화행사를 주도, 1990년 초대 문화부장관(90-91).

상훈: 대한민국 문화예술상, 일본 문화디자인상 대상, 일본 국제문화교류재단 대상, 대한민국 맹호훈장(올림픽 공로), 대한민국 청조훈장, 서울시 문화상, 대한민국예술원상(문학부문), 삼일문화예술상.

저서로는 에세이 <흙속에 저 바람속에>(60년), <포토에세이 지금은 몇시인가> 전5권(서문당 71년) <축소지향의 일본인>(81년)의 베스트 셀러 등 출간, 일본 중국 프랑스 미국 등에서 번역 소개되는 등 수많은 저서가 있다.

내가 만든 눈사람은
겨울의 추위속에서만
살수 있어요.

이어령

이 영 희 아동문학가·시인

이영희 (李寧熙 1931~2021) 아동문학가 ※ 일본 도쿄에서 출생. 포항여
고를 거쳐 이화여고를 졸업. 이화여대 영문과를 수석 졸업했다. 한국일
보 문화부장. 논설위원, 11대 국회의원, 한국여성문학인회 회장 등을 거
쳐 포스코 인재개발원 교수 역임.
대한민국아동문학상, 대한민국교육문화상, 소천문학상, 마해송동화상,
등 수상했으며, 서문당에서 <도돌이와 도깨비 공부>를 내는 등 동화
집 36권, <살며 사랑하며> 등 수필집 4권, 일본 문예춘추(文藝春秋)에
서 <또하나의 만엽집(萬葉集)> 등 8권, 조선일보에서 <노래하는 역사>
2권 등 저서 55권. 만엽집. 일본서기 등 일본고대사 책을 새로 해독, 역사
왜곡을 바로잡는 격월간지 '마나호(まなほ)'를 지난 11년간 62호(2009년
7월30일자) 째 일본에서 펴내어 일본인의 역사인식을 고쳐왔다.

당신은 떠오르기 바로 전의
태양을 보고 있었습니다. 당신의
간절한 자세를 따라 저도 동쪽
하늘 한 귀퉁이를 바라보았지요.

　　사랑이란 서로 쳐다보는 것이
아니라 한 곳을 함께 바라보는
것이라 생각했기 때문입니다.

－민들레가 산에게
　　　보낸 편지－
　이 영희

이 외 수 시인·소설가

이외수 (李外秀 1946~2022) 소설가 시인 화가 [※] 외가인 경남 함양에서 출생했다 해서 이름을 외수로 지었다하며 성장은 본가인 강원도 인제에서 했고, 거기서 초중고 를 거쳐 1972년 춘천교육대학을 졸업하고 그해 강원일보에 단편소설 <견습 어린이> 로 등단. 1975년에는 세대지의 문예현상공모전에서 중편소설 <훈장>으로 신인문학 상을 받았다.

164페이지 그림 원화   작품명-달마도

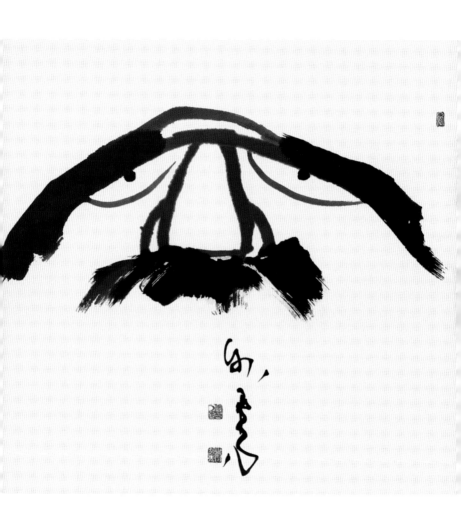

이 외 수 시인·소설가

이 일 향 시인

이일향 (李一香) 시인
※경북 대구에서 출생하였
고, 효성여대 국문과를 수
학했다. 1983년 「시조문학」
천료 시단에 데뷔했다. 작
품집으로는 <아가>, <지환
을 끼고>, <세월의 숲속에
서서> 등이 있고 한국문인
협회, 시조시인협회, 한국
여성문학인회 회원으로 활
동 중이다.

사랑아

사랑아 네가 만약
홀로 가는 강이래련

갈대밭 물결위에
깃털같은 달빛 받고

졸립듯
이 밤을 흐르는
목선이고 싶어라.

이원향

이 준 영 시인

이준영 (李濬英) 시인 [*] 1934년 대구에서 출생. 1959년, 월간 문예지 「자유문학」지를 통해 등단.

시집 <파도의 고향>, <기다림, 타는 그 빈 자리> 외 4권. 한국 중편소설 영역집 3권, 현대 한국서정시 영역 선집을 출간(2004년) 하였으며, 국제펜클럽 한국본부 전무이사(1980년대), 한국문인협회 이사, 감사(1960년대)를 역임. 1991년에 한국펜문학상과 1992년에 단국문학상을 수상했다.

꽃 속에는

이 준 영

사랑 하다가
사랑을 잃고
홀절 하면서도
또 사랑을 하는
매서운 성미가 숨어 있음은
아무도 모른다
꽃 속에는—

모진 풍상 이겨 내면서도
진한 향기로 하여
늘 누군가에 꺾이우는
아름다운 자태—

하지만 아무도 탓 하지도
원망 하지도 않는
관용의 품이 있음은 아무도 모른다
꽃 속에는—

아니 화사한 미소뒤에는
늘 새벽 이슬 처럼
맑고 슬픈 눈물이
고여 있음은
아무도 모른다
꽃 속에는—

풀잎의 이슬방울도

눈물로 보이고

무심히 떨어지는

꽃잎보며

다한 인연을

아파했습니다

해마다 가을이 되면

곱게 물든

가을잎 주고간

아름다운 시집을

일어봅니다

율우 쳐마다 가을이 되면

장인숙 찻고쓰다

어느가을날
곱게물든가을잎이
내게아름다운
시집을건네주며
시처럼살라
했습니다
들국화피는언덕에
그리움찾아내며
문풍지우는
겨울밤엔
소복히쌓인
눈길을밟고
사박사박걸어오는
설레이는기다림도
아름다웠으나

장 인 숙 시인·서예가

장인숙 (張仁淑) 시인·서예가 ※ 1940년 서울 출생. 호 하전. 월간 『순수문학』을 통해 등단.
시집으로 <해마다 가을이 되면>, <가을엔>이 있고, 현재 한국문인협회 회원. 2009년 대한민국 서화아카데미 미술대전(기로전) 문인화부문 금상, 2010년 대한민국 서화아카데미 미술대전(기로전) 삼체상, 서예부문 금상 수상.

그리운 것은 모두 멀리 있다

그리운 것은 모두
밤하늘에 꼭꼭 박혀있는
별

그리운 것은 모두
가슴 속 깊이 움트고 있는
사랑

그리운 것은 모두
어둠 속 깊이 숨어있는
꿈

그리운 것은 모두
멀리 있어 길손 되어 떠나는
여정

그리운 것은 모두
먼 바다에 있어 흐르는
강

그리운 것은 모두 이름표 달고
그리운 것은 모두 詩가 되었다

늘푸른·장종국

장종국 시인

장종국 (張鐘國) 시인 ※ 1940년 마산에서 출생.
건국대학을 졸업, 1978년 시집 <들꽃>으로 등단.
고양시문인협회장을 역임 했으며 현재는 한국문인
협회 회원, 경의선문학회, 국제문화예술창작협의회
회장, DMZ생태해설가 월간 '신문예' 편집위원으로
활동하고 있다.
시집으로 <들꽃>, <낮잠을 즐기는 가을 햇살>, <사
랑을 사랑이 사랑은> 외 중국어 시집 <시인과 孤
島>, <날마다 허물고 짓는 집> 등이 있다.

장 한 숙 캘리그라퍼·화가

장한숙 캘리그라퍼 겸 화가 [*] 2013년 한국캘리그라
피 협회 공모전 특선. 2014년 영화 <우는 남자> 캘리
그라피 공모전 수상. 2017년 이재우 사진작가와 캘리
그라피 콜라보 공동 시집 출간. 현재 울산캘리그라피
작업실 운영, 울산 중구문화의 전당 문화센터 강사.

한송이의 국화꽃을
피우기 위해
봄부터 소쩍새는
그렇게 울었나보다

한송이의 국화꽃을
피우기위해
천둥은 먹구름 속에서
또그렇게
울었나보다

서정주 국화옆에서 中
장한숙 쓰고그리다

전재승 시인

전재승 (田宰承) 시인 [*] 명지대 대학원 문예창작 전공 졸업. 1986년 <시문학> 추천으로 등단, 제9회 <문학과 의식> 신인상 수상, CBS문화센터 강사, '문학과 비평' 기자와 편집장을 거쳐 편집인 역임. 현재 <문학사계> 편집위원, 고등학교 교과서 검토위원. 한국문인협회, 한국현대시인협회, 한국현대문예비평학회, 한국기자협회에서 활동. 시집으로 <가을 시 겨울 사랑> 등 다수.

사랑이여
안개꽃 사이로
너를 그려본다
불러도 대답할 리 물론 없지만
너러는 아련한 미소로 다가와
별이 되고, 꽃이 되고
바다가 되는 내 사랑
흔들리는 침묵 너머로
노래가 되고, 목숨이 되는
내 사랑 너를 위하여.

詩 〈안개꽃 사이로〉
전 재 승 

2018. 田

전재승

그대,
아침 이슬보다 더 빛나던 소망
어느 하늘가에
별이 되었나
꽃이 되었나.

-전재승 「5월의 노래」에서

가을엔
詩를 쓰고 싶다

낡은 만년필에서 흘러 나온
잉크빛보다 진하게
사랑의 온복 밀어들을 수놓으며

밤마다 너를 위하여
한 잔의 따뜻한 커피 같은 詩를
밤새도록 쓰고 싶다

2018. 田

〈가을詩 겨울사랑〉중에서
전 재 승

179

정강자 화가

정강자 (鄭江子 1942~2017) 화가 [*] 홍익대학교 미술대학 회화과 졸업(1967), 홍익대학교 미술교육과 대학원 졸업(1985), 개인전 29회(1970~2008), 해프닝 3회(1967~1969), 한국일보 '그림이 있는 기행문' 연재 30개국(1988~1992), 스포츠 조선-삽화 연재(1992~1995), 독일 함부르크 초대전(2008).
저서로는 불꽃 같은 환상세계 (소담출판사-1988), 꿈이여 환상이여 도전이여 (소담출판사-1990), 일에 미치면 세상이 아름답다 (형상출판사-1998), 화집(소담출판사-2007), 정강자 춤을 그리다(서문당-2010).

작품명-사랑

180

정 미 영 시인

정미영 시인 [*] 시낭송가.
심리 상담교사.
경기도 연극협회 회원.

정준용 화가

정준용 (鄭駿鎔 1930~ 2002) 화가 [*] 대구 출생. 중학교시절 국전에 입선한 이후 그림을 그리기 시작함. 대건중고등학교에서 미술을 지도하다가 1962년부터는 한국일보사에서 삽화를 전담하였다.

작품명-김소월 시 진달래

조 오 현 시인·스님

조오현 (趙五鉉 1932~2018) 시인·스님 [*] 경남 밀양에서 출생하여
1939년 절간 소머슴으로 입산, 산에 살고 있다. 산에 살면서도 산을 보
지 못하고, 세상의 소리도 듣지 못하면서 그간 시와 시조 백여 편을 썼
다. 오랫동안 내설악 백담사 무금선원에 침거하였다.

아득한 성자

하루라는 오늘 오늘이라는 이 하루에 뜨는
해도 다 보고 지는 해도 다 보았다고 더 이상 더 볼
것 없다고 알 까고 죽는 하루살이 떼

어든 해를 보내고도 나는 살아 있지만 그
어느날 그 하루도 산 것 같지 않고 보면 천년
을 산다고 해도 성자는 아득한

하루살이 떼

2010 초여에
조오현 그리고 씀

지 성 찬 시인

지성찬 (池聖讚) 시인 [*] 1942년
충북 중원 출생, 안성에서 성장 호
는 설정(雪庭). 연세대 상경대학 졸
업. 1959년 전국백일장과 1980년
'시조문학' 추천으로 등단. 2009년
KEPA 미술공모전 특선. 시집으로
'서울의 강' 외 6권이 있으며 노랫말
200여 편 작사, '스토리문학' 주간,
동아문화 센터 현대시 창작 강의.

춘란

미풍에
흔들려도

침묵은
千金무게

키는되록

작아도
기개는

하늘에 닿네

꽃대를
밀어올리고
아가씨처럼
웃는다

雪庭 迦聖 讚

189

차갑부 시인

차갑부 시인 * 고려대학교 대학원에서 교육학박사
학위취득, 명지전문대학 청소년교육복지과 교수로 재
직. 한국교육연수원의 유, 초, 중고교 교사를 위한 온
라인연수 과정 강사 역임, 교수법 특강 및 컨설턴트로
활동. 대한민국학술원 우수학술도서인 <텔리아고지
(2010)>와 <평생학습자본의 인문학적 통찰>을 비롯
한 다수의 저서와, 시집으로 <깻잎에 싼 고향(2014)>
과 문학의식 동인시집 <비바람 속에서 나를 찾다
(2016)> 등.

꽃은 피고 인생은 지고

꽃은 그 꽃이로되
나는 내가 아니로다

흐르는 세월을
가래로는 막을손가

득어라, 꽃향기에 취해
흐르는 세월 잊어나 보게

加に 차 감박

채 희 문 시인

채희문 시인 [*] 한국외국어대학 독어과에 다님.
『월간문학』 신인상으로 등단.
저서 및 역서로 <세계명작 영화100>, <문 밖에서>, <쉬쉬푸쉬>, <가로등과 밤과 별>,
<밤에 쓰는 편지>, <추억 만나기>, <소슬비>, <부부금혼 시화집>, <시집 잘못 간 시
집> 등 60 여권.
한국일보사 주간 월간 일간 스포츠 편집부장.
한국문인협회 회원.

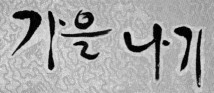

가을 나기

다시 가을은
한없이 쓸쓸해지라 하네
혼자의 시간을 가지라 하네
조용히 자신을 가다듬으며
아름다운 마지막 영혼의 고통을
차분히 받아들이라 하네

가을은 그처럼
아쉬움도 미련도 다 접어 놓고
맑게 비인 저 하늘처럼
늘 깊어지라 하네

다시금
멀리 떠나는 길에 서라 하네.

시 · 채희문

최 금 녀 시 인

최금녀 (崔今女) 시인 [*] 시집으로 <큐피드의 독화살>, <저 분홍빛 손들>, <내 몸에 집을 짓는다>, <들꽃은 홀로피어라>, <가본 적 없는 길에서>, 시선집으로 <최금녀의 시와 시세계>, 일역시집 <그 섬을 가슴에 묻고>, 영역시집 < 분홍빛 손들>
한국현대시인협회 현대시인상, 한국문학비평가협회 작가상, 충청문학상 수상
국제펜클럽 이사. 현대시인협회 이사, 여성문학인회 이사, 서울신문 대한일보 기자. 제25대 한국여성문학인회 이사장.

흙 한 삽

최 금 녀

극명하게 찍어놓은
마침표 뒤에
못내
잘가시라는 추신 한줄.
마침내 서녘하늘이
버얼겋게
소인을 찍는다.

최윤정 시인

최윤정 (崔允丁) 시인 * 1949년 서울 출생, 「문학과 의식」으로 등단 후, 자유기고가로 활동, 특히 여행을 밥먹는 것보다 좋아해서 시간과 돈만 생기면 어디든 떠나지 않고는 못배김. 여행지에서 만난 놀랄만한 아름다움은 돌아와 테마기행, 문학기행, 맛기행 등의 테마로 여러 매체에 발표함. 한국문인협회, 「여백 시」 동인 「새흐름」 문학동인, 세계여행작가협회 회원으로 활동 중.

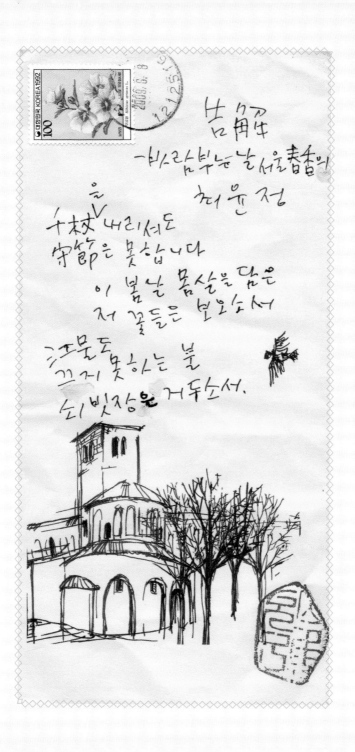

추은희 시인

추은희 (秋恩姬 1931~2019) 시인 * 대구에서 출생. 숙명여대 국문과 및 동 대학원을 거쳐 일본 동경대 대학원을 수료하였다.(한일비교문학 연구). 숙명여대를 거쳐 동덕여대 교수 및 동경대 연구원을 역임했다.

1950년 한국문학연구소에서 문학예술단체(최초)전국대학생 문예작품 모집에서 시 '코스모스'로 당선되었고, 57년에는 첫 시집 <詩心의 계절>을 출간한 후 많은 저서를 남겼다. 동서문학상, 영랑문학상, 숙명문학상, 96 최고 예술상 등을 수상하기도 했다.

오늘이 가기 전에
사랑한다고 말을 하리

그대에게 줄 미소 하나
그대에게 줄 사랑 하나
아직도 내게
너에게 남아 있다면
아까없이 말하리
오늘
이 시간이 가기 전에

꼬깅생을 아끼
다지고 다지었던
귀하디 귀한 그 한마디
" 아직도 사랑한다.. 고

素田 秋思娟

한 광 구 시인

한광구 (韓光九) 시인

※1944년 경기도 안성에서
태어나 연세대학교 국문과
한양대학교 대학원 국문
과를 졸업했다.(문학박사)
1974년 시전문지 「심상」으
로 등단하여 첫 시집 <이
땅에 비오는 날은>(79)을
비롯하여 <한광구 시전집>
까지 총10권의 시집을 발간
했고, 장편소설 <물의 눈>
과 최근에 <한광구 시인의
시세계>를 발간했다. 한국
시문학상을 수상했고 주식
회사 유한양행 광고부, 추
계예술대학교 교수를 역임
했다.

샘물   한광구

가장 낮은 곳에서
가장 높은 하늘을 안고
반짝입니다.
山이 들어와
흔들리고
바위가 나무에게
몸을 열어
뿌리내리게 하고
초록입술로
땅의 말씀을
읽어내고 있습니다.

한 이 나 시인

한이나 시인 * 충북 청주 출생. 1994년 현대시학 작품 발표로 등단. 한국시문학상, 서울문예상 대상, 내륙문학상, 꽃문학상 등 수상. 시집으로 <유리자화상>, <첩첩단풍 속>, <능엄경 밖으로 사흘 가출>, <귀여리 시집>, <가끔은 조율이 필요하다> 등.

사 랑

한이나

고욤나무에 감나무 접순을 붙였다
서로를 엉겨 붙이는
진액으로의 단단한 동여매짐
접붙이기

이제 묶어둔 끈 슬며시 풀어도
이대로 한 가지에 한 몸 한 생각이 되어
오누이같이 닮은 뾰족감 납작감이 되리

홍시

허 은라

사랑도 익으면
저리 되는가
사랑도 익으면
저리 고운 빛깔
품을수 있는가

말랑하게 스스로를
익힌다는건

달고 달콤함으로만
채울수 있는 것이 아니라고

해와 달의 싸움질과
아픔과 상처마저도
온 가슴으로 품어 내어야만

비로소 저리 될수 있다는걸

가지끝 찬하게
홍시가 붉다

허 은 화 ^{화가·시인}

허은화 (許銀花) 화가·시인 [*] 호는 연향. 개인전(이형아트센터), 창석회전, 여성작가회전, 한국현대미술1000인전(단원미술관), 꽃은 예술이다 (이형아트센터), 한국현대미술총람전, 부천미술제, 부천 한·일 교류전, 중국 청도미술관 초대전

現 한국미술협회, 부천미술협회, 창석회, 한국여성미술작가회 회원, 한국문인협회 회원

홍윤숙 시인

홍윤숙 (1925~2015) 시인 [＊] 1925년 평북 정주 출생. 1950년 6·25 한국전쟁으로 서울대 사범대 중퇴.

1947년 <문예신보>에 '가을'로 등단, 한국시인협회, 한국여성문학인회 회장 등 역임. 국제펜클럽 한국본부, 한국여성문학인회 고문. 대한민국 예술원 회원, 주요 작품집으로는 <장식론>, <사는법>, <경의선 보통열차>, <하루 한 순간을>, <해질녘 한시간> 등이 있다. 1975년 한국시인협회상 수상,

1986년 한국시인협회장, 1993년 대한민국 문화훈장 수상, 현 예술원 회원, 공초문학상, 예술원상 등을 수상하였다

마 음

일 년
삼 백 육 십 오 일
내 부 수 리 중 입 니 다
고 쳐 도 고 쳐 도
비 가 샙 니 다

홍 윤 숙

人生

2

산다는 것
연필로 그리는 그림이면
좋겠다

쓱쓱 그리고 지우고 다시 그리고
열번 스무번 지우고 그리고
끝까지 갔다가 다시 돌아와
틀린 길 버리고 새 길 가보고
가다가 막히면 되돌아 오고
망치면 북북 찢어도 되는
새로 새 종이 무한으로 쌓여있는
산다는 것
버린 만큼 끝없이 채워지는
무한정한 종이 위에
지우개 옆에 놓고
연필로 그리는
그림이면 좋겠다

二천 一0년 六월
홍윤숙

낙 화

꽃이 아름다운 것은
지게 때문임을
처음 안 그날부터
나는 속수무책 지켜보는
일 밖엔 한일이 없었다
경건히 손 모아 그앞에 서서
피어난 꽃이 지는 모습을
태어난 생명이
죽음을 예비 함을

오늘도 하오의 눈부신 빛속에
황홀하던 한때의
꽃 한송이 지고 있다

홍 윤 숙

황금찬 시인

황금찬 (黃錦燦 1918~2017) 시인 ※ 강원 속초 출생, 1953년 <문예>지와 <현대문학>을 통해 등단. 월탄문학상, 대한민국 문학부문 문화예술상 수상, 한국기독교문학상, 서울시 문화상 수상, 문화의 달 보관문화훈장 수상. 1951년 시동인 청포도 결성, 1946~1978년 강릉농업고등학교, 동성고등학교 교사, 해변시인학교 교장.

시집으로는 <현장>, <떨어져 있는 곳에서도 잊지 못하는 것은?>, <물새의 꿈과 젊은 잉크로 쓴 편지>, <구름은 비에 젖지 않는다>, <행복을 파는 가게>, <옛날과 물푸레나무> 등 30여 권이 있고, 산문집으로 <행복과 불행 사이> 등 20여 권이 있다.

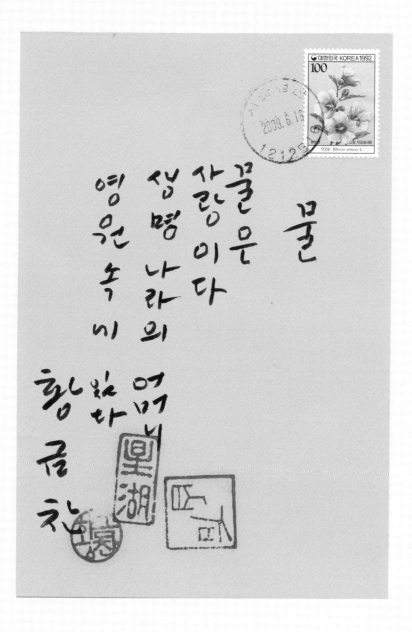

먼 지

사연은 없고
두장의 꽃잎
천사의 마음이면
읽으시리다

황 근 찬

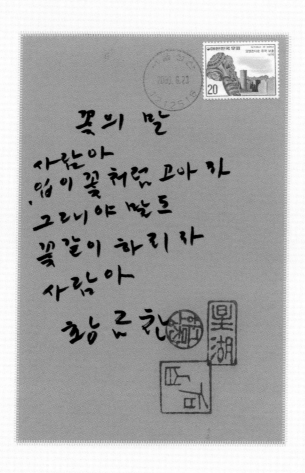

꽃의 말

사람아
입이 꽃처럼 고와라
그리야 말도
꽃같이 하리라
사람아

황금찬

책을 내면서

책을 좋아하다가 책 만들기가 60년이 넘었습니다.

저는 직업으로서의 출판 생업으로서의 출판을 하면서도 늘 컬렉션에 의한, "세상에 흔치 않는 책" 만들기를 좋아했습니다. 그래서 만든 것이 한말 사진 5천 여 점을 모아 "민족의 사진첩" 전4권, "조선시대 생활과 풍속" "옛 그림엽서" "시를 위한 명언" 등을 편하기도 했습니다.

또한 수집벽이 있던 저는 시와 그림을 늘 가까이 하던 터라 시와 그림이 함께하는 시화집을 많이 내었으며 이에 더하여 시인들의 친필 육필시로 한권에 200여 분이 참가하는 방대한 "까세 육필시" 5권을 내었습니다.

이번 책은 그 동안에 수집된 까세의 육필시와 새로 수집한 육필들 중에서 사랑이 주제가 된 작품들만 모아 새롭게 편집하였습니다.

그 동안에 모인 주옥같은 육필, 그들의 고운 정성, 혼자 품고 보기엔 너무 아까워 세상에 다시 내어 함께 사랑을 노래 하고자 합니다. 참가해주신 모든 분께 감사 드립니다.

2024년 1월 1일
편자 최석로 올림

사람아!

당부

가는 데까지 가거라
가다 막히면
앉아서 쉬거라

쉬다 보면
보이리
길이.

서문당